AF346340

2 Avril 1913

VENTE
Du Mercredi 2 Avril 1913
HOTEL DROUOT, SALLE N° 11
A DEUX HEURES

EXPOSITION PUBLIQUE
Le Mardi 1er Avril 1913

MEUBLES ET OBJETS D'ART

Tapis, Tapisserie

BELLE GARDE-ROBE

COMMISSAIRE-PRISEUR
Mᵉ ROBERT BIGNON
41, rue de la Victoire

EXPERTS
MM. BRANDICOURT & BOURDIER
144, rue de Courcelles

CATALOGUE

DES

MEUBLES

Salon en tapisserie d'Aubusson moderne
Salle à manger en chêne, Chambre à coucher Empire
Secrétaires, Guéridons, Meubles d'entre-deux
Armoires normandes, Cheminée en bois sculpté, Bergères
Fauteuils, Commodes, Consoles
Vitrines, Meuble japonais, Meubles de bureaux, etc.

OBJETS D'ART

Statuettes et groupes en bronze. Bustes en marbre, Pendules, Appareils d'éclairage
Lampes, Galeries de foyer, Glaces
Objets de vitrine, Faïences, Porcelaines, Candélabres, etc.

MINIATURES, TABLEAUX, GRAVURES

TAPIS, TAPISSERIE

BELLE GARDE-ROBE

DONT LA VENTE AURA LIEU

HOTEL DROUOT, SALLE N° 11
LÉ MERCREDI 2 AVRIL 1913

à deux heures

Mᵉ ROBERT BIGNON	MM. BRANDICOURT et BOURDIER
COMMISSAIRE-PRISEUR	EXPERTS
41, rue de la Victoire	144, rue de Courcelles

EXPOSITION PUBLIQUE
Le Mardi 1ᵉʳ Avril 1913, de 2 heures à 6 heures

CONDITIONS DE LA VENTE

Elle sera faite au comptant.

Les adjudicataires paieront *dix pour cent* en sus des enchères.

L'exposition mettant le public à même de se rendre compte de l'état et de la nature des objets, aucune réclamation ne sera admise une fois l'adjudication prononcée.

Paris. — Imp. de l'Art, Ch. Berger, 41, rue de la Victoire

DÉSIGNATION

MINIATURES
GRAVURES, TABLEAUX

1 — Portrait de Madame de la Pagerie. Ivoire.

2 — Portrait de Madame de Lamballe. Ivoire.
Dans un médaillon en bronze.

3 — Portrait de Madame Élisabeth. Ivoire.
Dans un cadre en bronze.

4 — Deux amours enchaînant une nymphe.
Dans un médaillon ovale.

5 — Faune et bacchante. Porcelaine en relief.

6 — Portrait de Humboldt. Ivoire.

7 — Portrait de vieille Hollandaise. Ivoire,
daté : *1719.*

·8 — Briceau-Angélique (F. Alais). Portrait de D. Michel Lepelletier. Épreuve ovale imprimée en couleurs.

9 — David (D'après). Portrait d'Antoine Laurent Lavoisier, par P.-M. Alix. Épreuve ovale imprimée en couleurs.

10 — Garnerey (D'après). Portrait de Voltaire, par P.-M. Alix. Épreuve ovale imprimée en couleurs.

11 — École française. Port Breton. Bois.

12 — Deux gravures en noir. Cadres laqués.

13 à 18 — Tableaux, cadres et toiles non décrits.

FAIENCES ET PORCELAINES

19 — Tableau faïence : Pêcheurs d'Islande, par Auguste Carrier.

20 — Tableau faïence : Bords de la Marne, par Auguste Carrier.

21 — Tableau faïence : Soleil couchant, par Auguste Carrier.

22 — Tableau faïence : Scène sous Henri II, par Auguste CARRIER.

23 — Tableau faïence : Port turc, d'après C. VERNET.

24 — Tableau faïence : Le Maréchal-ferrant, d'après WOUVERMANS.

25 — Tableau faïence : Personnages et animaux, d'après BERGHEM.

26 — Plat ovale en faïence peinte : Sujet oriental.

27 — Deux panneaux décoratifs en faïence, à sujets chinois.

28 — Plaque porcelaine céladon fond gris, décorée d'un Amour.

29 — Fontaine et son bassin en ancienne faïence de Rouen.

30 — Assiette en ancienne porcelaine de la Compagnie des Indes.

31 — Saladier en ancienne faïence de Strasbourg.

32 — Assiette chaude en ancienne porcelaine du Japon.

OBJETS D'ART

33 — Deux grands motifs en plâtre. Modèles pour la manufacture de Sèvres dans des cadres ovales avec motifs en bronze.

34 — La Chèvre et le Chevreau, par P.-J. MÈNE. *Édition ancienne.*

35 — Bronze : Jeune Femme. Signé : *Obiols.*

36 — Paire de candélabres Louis XV en bronze argenté.

37 — Cartel Louis XIV en bronze ciselé et doré.

38 — Buste en marbre blanc et bleu : *La Rêverie,* par A. GIRAR.

39 — Glace ovale, cadre doré.

40 — Pendule Empire en bronze doré, surmontée d'une statuette allégorique.

41 — Suspension de salle à manger.

42 — Glace ; cadre en noyer. Style Henri II.

43 à 48 — Plateau, jardinière, théière, boîte à thé, deux tasses à café avec soucoupes en émail, décor à fleurs. (Seront divisés.)

49 — Six boîtes à priser en argent.

50 — Présentoir d'hostie en argent et émail.

51 — Pipe en nacre et argent.

52 — Christ en bois incrusté nacre.

53 — Cadre en bois sculpté.

54 — Paire de vases en verre taillé, pieds en bronze.

55 — Lampe juive.

56 — Buste en marbre : Tête de femme.

57 — Deux bouts de table, en bronze.

58 — Groupe en biscuit : Faunes.

59 — Paire de lampes électriques en biscuit; monture en bronze.

60 — Bronze : la Sculpture.

61 — Galerie de foyer et chenets en bronze, de style Louis XVI.

62 — Pare-étincelles, forme éventail, en bronze.

63 — Appareil téléphonique.

MEUBLES

64 — Lit Empire en acajou, avec motifs en bronze ciselé et doré.

65 — Table de nuit Empire en acajou ; dessus de marbre.

66 — Commode Empire en acajou, dessus de marbre.

67 — Secrétaire Empire en acajou, avec abattant et tiroirs ; dessus de marbre.

68 — Bergère Louis XVI en bois sculpté, recouverte d'étoffe damassée, avec coussin.

69 — Deux fauteuils en bois sculpté, recouverts d'étoffe. Style Louis XVI.

70 — Guéridon en acajou ; dessus en marbre entouré d'une galerie de cuivre. Style Louis XVI.

71 — Commode Louis XVI en marqueterie de bois, s'ouvrant à trois tiroirs ; dessus en marbre.

72 — Fauteuil en bois sculpté, siège foncé de
canne. Style Louis XVI.

73 — Fauteuil bas en bois sculpté, avec coussin.
Style Louis XV.

74 — Chaise en bois doré et cannée.

75 — Salle à manger en chêne clair, composée
d'un buffet à vitrine, d'une table et de six
chaises en cuir.

76 — Salon en noyer sculpté, recouvert en imi-
tation tapisserie, composé d'un canapé, deux
fauteuils et deux chaises.

77 — Bibliothèque en noyer.

78 — Deux lits, fer et cuivre.

79 — Armoire à glace en noyer.

80 — Salon en bois laqué gris, recouvert en tapisserie d'Aubusson à fleurs et petits personnages dans des médaillons, composé d'un
canapé et quatre fauteuils. Style Louis XVI.

81 — Deux consoles avec trumeaux en bois doré
et sculpté. Style Louis XVI.

82 — Canapé Louis XV en bois sculpté, siège et
dossier foncés de canne.

83 — Deux fauteuils Louis XIII en bois sculpté
et ciré, recouverts de tapisserie.

84 — Deux fauteuils Louis XIII en bois sculpté
et ciré, recouverts de tapisserie.

85 — Petite console Empire en acajou avec motifs; dessus de marbre.

86 — Gaine d'horloge Renaissance.

87 — Fauteuil en bois sculpté et ciré Louis XV.

88 — Guéridon Louis XV en marqueterie.

89 — Guéridon Louis XV en marqueterie.

90 — Vitrine-bibliothèque Louis XV, s'ouvrant
à deux portes.

91 — Vitrine Louis XVI, à trois corps, en
acajou ciré, avec motifs en bronze ciselé et
doré.

92 — Table à thé Louis XVI en acajou, avec
motifs en bronze ciselé et doré; dessus de
glace mobile.

93 — Meuble d'entre-deux Empire en acajou,
avec motifs en bronze ciselé et doré; dessus
de marbre.

94 — Écran Empire, garni de soie jaune et verte.

95 — Meuble japonais en bois de fer et incrustations de nacre, garni de tiroirs et de portes à coulisses.

96 — Cheminée monumentale en bois sculpté, la partie supérieure ornée d'une guirlande de feuillage, avec, au centre, un médaillon en émail représentant un buste de femme.

97 — Vitrine en bois de rose, ornée de bronzes. Style Louis XV.

98 — Secrétaire Empire en acajou, orné de bronze, s'ouvrant à un abattant et garni de trois tiroirs ; dessus de marbre.

99 — Vaisselier à deux corps en chêne sculpté.

100 — Deux sellettes en acajou, à filets cuivre ; dessus en marbre. Style Louis XVI.

101 — Table de salon en noyer sculpté. Style Louis XV.

102 à 108 — Meubles de bureaux et meubles courants.

109 — Fauteuil Dagobert en bois avec incrustations.

110 — Armoire normande en bois sculpté.

111 — Armoire normande.

112 — Deux chevalets droits en chêne.

GARDE-ROBE

DES MAISONS PAQUIN, TAFARÉ

ET DIVERSES

113 à 114 — Deux robes du soir.

115 à 117 — Trois robes lingerie.

1:8 à 128 — Onze costumes tailleurs, soie laine, etc.

129 à 135 — Sept robes, soie et taffetas.

136 à 138 — Manteaux du soir.

139 à 142 — Plumes, aigrettes, panama, etc.

TAPISSERIE, TAPIS

143 — Tapisserie Renaissance : Sujet de chasse.

144 — Tapis d'Aubusson.

145 — Deux paires de rideaux en tapisserie d'Arras, avec bordures.

146 — Tapis persan, fond bleu ; bordure crème.

4 m. 3o cent. sur 3 m. 65 cent.

147 — Tapis d'Orient, fond rouge, à médaillon ; bordure bleue.

4 m. 4o cent sur 4 m. 15 cent.

148 — Tapis persan, fond blanc, à petits dessins ; bordure marron.

149 — Tapis persan à petites palmes, fond blanc ; bordure rose.

1 m. 6o cent. sur 1 mètre.

150 — Tapis oriental.

151 — Tapis de prière, fond crème.

152 — Tapis, fond rose, à médaillons; bordure multicolore.

2 m. 90 cent. sur 2 mètres.

153 — Tapis, fond bleu, à médaillons et coins blancs.

154 — Tapis, fond bleu, dessins à palmes polychromes.

155 — Tapis, fond bleu.

156 — Tapis d'Orient, fond bleu, dessins à fleurs polychromes.

4 m. 50 cent. sur 2 m. 80 cent.

157 — Tapis de Smyrne, fond rouge, dessins à fleurs; bordure bleue et verte.

4 m. 60 cent. sur 4 m. 10 cent.

158 — Tapis Schoumack, fond rose, à médaillons et bordure polychrome.

2 m. 80 cent. sur 2 m. 20 cent.

159 — Tapis de prière, fond rouge, à dessins archaïques, à doubles arceaux.

160 — Bandeau en satin brodé. Travail de Chine.

161 — Devant d'autel en satin crème, avec applications et broderie.

162 — Petit tapis brodé soie et or.

163 — Bandeau en velours frappé rouge.

164-165 — Costumes et broderies divers.

166 à 168 — Trois carpettes d'Orient.

169 — Objets omis.